U0027590

故事館

故事館

故事館

양순이네 떡집

願望年糕屋4

勇敢表達的心意年糕

作者 金梩里 김리리

繪者 金二浪 김이랑

譯者 賴毓棻

目錄

第一章

發不出去的邀請函

良純說話時，總是欲言又止、吞吞吐吐，即使有什麼話想說，也總是難以開口，所以非常煩惱。她只要一站在別人面前，就會開始臉紅，身體也會變得僵硬，就算想要跟對方說些什麼，也只能放在心裡，最後消失得無影無蹤。

已經開學兩個月了，她連一個朋友都沒交到。這個星期六就是她的生日了，卻連一張邀請函都發不出去，良純將那些精心製作的邀請函放進書包裡，在心裡嘆了口氣。

「今天一定要將這些邀請函發出去……」

如果這次生日也沒有人來，爸媽一定會非常失望。他們原本就因為她交不到朋友而傷腦筋，最重要的是，她覺得自己在妹妹良熙的面前實在太沒面子了。

昨天，良熙玩扮家家酒玩到一半，突然問了她一句：「姐姐，妳沒有朋友嗎？」

邀請函

「我怎麼會沒朋友？在學校，我的朋友可多了呢！」良純不自覺撒起謊來。

「這次妳生日他們都會過來嗎？我可以跟他們一起玩嗎？」良熙興奮的說。

「當……當然了，不過他們很忙，不知道

會不會全部都來？」良純好不容易才敷衍過去。

「我這次一定要邀請到朋友！」良純下定決心，她想要在妹妹面前展現出姐姐的威風。

其實，良熙也沒什麼朋友，所以無論如何，這次生日她一定要邀請到朋友來參加派對，讓良熙看看他們開心玩樂的模樣，這樣她才能鼓起勇氣交到朋友。

「好，我可以的！」

隔天，到了學校，良純雙眼炯炯有神，尋找著她想邀請來參加生日派對的同學。

這時，她看見了姜如蔚。

如蔚向來對朋友非常親切，總是笑臉迎人。良純從書包裡拿出裝有邀請函的藍色信封，將邀請函藏進外套裡，悄悄的走到如蔚的座位旁邊。

「早！早啊！」良純鼓起勇氣，向她打了

聲招呼，結果如蔚嚇了一跳！趕緊用手臂將寫到一半的評量遮起來。

如蔚和媽媽約定一天要寫十張評量，但她實在很不想寫，所以正在抄後面的解答呢！

「妳……妳有什麼事？」如蔚非常慌張，大聲的反問。

這時候，良純想要講的話，全都卡在喉嚨，一時之間，說不出來。因為現在的如蔚和平常

很不一樣，不但臉上沒有笑容，還瞪著雙眼，看起來有點恐怖。

「怎麼辦……她正在讀書，可能是被我吵到，所以生氣了吧！」一瞬間，良純的臉紅了，全身也變得僵硬。

「沒……沒什麼。」良純像逃跑似的，迅速回到了自己的座位上。

到了下一堂課的休息時間，良純再次鼓起

勇氣，尋找著她想邀請的同學。這時，她看見了高奉求。

高奉求一邊看漫畫書，一邊咯咯咯笑個不停，他看起來心情很好。她和高奉求是二年級的同班同學，而且他們還去同一間英語補習班上課，所以，如果邀請他來生日派對，他說不定會參加。

良純做了一個大大的深呼吸，走向高奉求。

「那……那個你……」

「誰？我嗎？」

這時，正在看漫畫的高奉求，抬起頭來看向良純。他笑容滿面，聲音聽起來心情也很好，現在只要提起生日派對的事情就可以了。

「這個星期六……」

良純的話還沒說完，在後面玩鬧的男同學們突然大聲呼喚著：「高奉求，你不來玩嗎？」

「我馬上就過去，等等我。」高奉求興奮的站了起來。

「妳要和我說什麼？趕快說，我很忙。」

被高奉求這麼一催，良純原本要講的話又卡在喉嚨裡，說不出來。

她心想：「就算我現在給他邀請函，他也一定不會看，說不定還會丟進垃圾桶！」於是，嘴上說著：「沒……沒什麼。」

「什麼啊……」

高奉求一頭霧水，跑向了他的朋友。良純將生日邀請函藏起來，再次回到座位上。

她開始陷入煩惱，到底該把邀請函交給誰才好？如果將邀請函交給心情不好，或是正在忙碌的人，他們一定不會有興趣的。

這時，良純注意到一個人——前幾天剛轉來的新同學。新同學和良純一對上眼，露出兩

顆小小的門牙，嘻嘻的笑著。

「很好，現在是好機會！」良純拿著邀請函走向新同學，鼓起勇氣開口：「那個……請問你……」

「嗯，有什麼事嗎？」

新同學眨了眨烏黑的眼睛，親切、客氣的詢問。良純放心了，她覺得這次一定會成功，便小心翼翼的拿出藏在外套裡的邀請函。

「你這星期六有事嗎？」

「我那天沒什麼事，怎麼了？」

良純的臉紅了。

「那天是我……」

良純的話還沒說完，就在這時，噹！噹！

噹！上課鐘聲正好響起。

「上課了！趕快回到自己的座位上坐好。

良純，妳還在做什麼？」老師盯著良純說。

被老師這麼一說，班上所有同學也都盯著她看。這一瞬間，良純想要講的話又卡在喉嚨裡，她覺得同學的眼神好像認為她很可憐。

良純的臉紅了起來，她趕緊回到自己的座位，而那封生日邀請函依然在她的手中。

「那天是我的生日，你要來我家玩嗎？」本來只要這樣說就可以了……

無法說出口的話，最後就消失了，良純流

下眼淚，滴在裝著邀請函的藍色信封上。

這時，有人正在盯著良純。新來的轉學生用擔心的眼神看了她好一陣子。

放學後，新同學跟在良純的身後。良純到

補習班上了兩個小時的課，他就站在補習班的前方等她。

補習班下課後，一群小孩一窩蜂的衝向外面，他差點就被這群小孩推走，也差點就錯過良純的身影。好不容易，他看到了良純，跟在她的後面，良純沒有發現背後有人跟著她。

一下課，良純就加快了腳步走路回家。過馬路時，一看到綠燈，她急忙的衝了過去！

跟在良純身後的那位新同學有點慌了，他走到路口時，綠燈已經開始閃爍，他使出全身的力氣奔跑，等他穿越過馬路，燈號立刻變成了紅燈。

「呼！好險！」

新同學喘了口氣，幸好找到良純的身影。他看見良純正在前方快速的走著，於是趕緊追了上去！

良純似乎發現有點不對勁，回過頭來看了一眼，新同學趕緊躲到電線桿的後方，良純沒有發現什麼奇怪的事情，便繼續走向幼兒園。

她走到位於社區內的幼兒園門口後，停下腳步，那裡有許多準備接小孩放學的父母。良純按了幼兒園的電鈴，然後在門口等著。

這時，幼兒園的門打開了，老師牽著小朋友們的手，一個接著一個走了出來。

「姐姐！」

妹妹良熙跑了過來，衝進良純的懷抱裡！

接著，兩人手牽手，相親相愛的回家了。

「姐姐，我可以在公園玩一下嗎？」良熙在公園前面停下腳步。

「不行，我們還是趕快回家吧！乖乖等媽媽回來。」

「不要，我要玩一下再走。」

良熙甩開良純的手，跑向鞦韆，良純無奈的跟在她的身後。等到良熙坐上鞦韆後，良純就在後面推她。

「姐姐，妳生日那天邀請了幾個人來啊？」良熙坐在鞦韆上，好奇的問道。

「那個……同學們都很忙，所以我還沒發出邀請函。」良純找個藉口搪塞過去。

「媽媽說那天她會煮很多好吃的東西，因

為妳第一次邀請朋友到家裡，我好羨慕姐姐！我也要交很多很多的朋友，然後像妳一樣，請她們來家裡開生日派對。」良熙嘰嘰喳喳說個不停。

良純繼續推著鞦韆，卻感覺沒什麼活力。

這時，先前跟在良純身後的新同學躲在公園的涼亭裡，看著這一幕。

「原來今天良純想要拿給我的是生日派對

的邀請函啊……」他這時才明白。

良純和良熙在公園玩了好一陣子，他雖然也想一起加入，但他認為現在出現，良純可能會嚇一跳，所以忍了下來。

「良熙、良純。」

這時，下班回來的媽媽快步走向了公園。

「媽媽！」良熙衝向媽媽的懷抱。

「我不是告訴過妳們，幼兒園下課後，就

要馬上回家嗎？妳們還在這裡做什麼？」不管三七二十一，良純的媽媽就先發了一頓火。

良純原本想說些什麼，卻還是閉上了嘴。

「今天的空氣這麼糟糕，妳怎麼可以帶妹妹來這裡玩呢？怎麼這麼不懂事啊！」

媽媽瞪著眼睛，緊緊牽著良熙的手，快步走回家裡。良純低著頭，無精打采，跟在媽媽的後方，新同學則是遠遠的望著。

這位新同學是誰呢？原來就是變成人類，負責配送「願望年糕」的小尾鼠。小尾鼠將自己取名為「蕭偉書」，他現在已經不再是一隻老鼠了。他為了成為孩子們的朋友，才會來學校上學。

蕭偉書第一件要做的事情，就是找到需要幫助的孩子。

他想成為這些孤單孩子的隊友，陪他們一

起玩、替他們加油打氣、給他們安慰。他默默的支持這些孩子們，就這麼過了三年。

三年是一段很長的時間，蕭偉書也長大了不少，現在，他已經是小學三年級的學生了。

第二章

甦醒的年糕屋

街道上一片黑暗，天空開始下起雨來。蕭偉書趕緊回頭，走進一條陰暗的巷道。

他一走過轉角，那裡就出現一間沒有招牌的老舊店鋪。店裡關著燈，油漆也都脫落了。自從三年前，這裡的燈熄滅後，就再也沒有被點亮了。

蕭偉書打開門，走進昏暗的店裡，然後坐在角落的木椅上，身子縮成一團。今天他感到

特別疲憊，蕭偉書一直煩惱著該怎麼幫助良純才好？

雖然之前配送願望年糕時，曾經差點從大樓掉下來，也差點被黑狗咬到，但只要想著那些吃下願望年糕，變得幸福的孩子們，就會讓他感到非常開心和欣慰。不過現在的蕭偉書，就只是一個沒有什麼力量的小孩。

「這個時候，要是有專門為良純製作的年

糕，那該有多好？」蕭偉書許下願望後，就不自覺的睡著了。

雨停了，水珠滴滴答答的落到屋簷下。在蕭偉書睡著的這段期間，年糕屋就像重獲新生般出現了動靜，像是從長長的睡眠中甦醒。

年糕屋開始自動翻新屋裡的裝修，破舊的屋頂變得嶄新，整間屋子也像重新被油漆粉刷似的，非常潔淨明亮。

接下來，黑漆漆的年糕屋裡，燈突然亮了起來，而蕭偉書對這一切完全沒有察覺，依舊在睡他的大頭覺。

「這是什麼味道啊？」

蕭偉書在凌晨時分醒來，這時，不知從哪裡飄來了一陣香氣。他看著店裡，發現店內十分明亮。

「已經早上了嗎？」

外面仍舊一片漆黑，蕭偉書揉了揉充滿睡意的眼睛，抱著一線希望，看了看陳列架，但架子上還是空的。

「真是奇怪，我明明就有聞到一股濃郁的香味啊……」

蕭偉書動了動鼻子，一遍又一遍的檢查店裡的每個角落。每當他走一步，地板就會嘎嘎作響。每當地板一發出聲音，就會散發出陣陣

的香味。

「真神奇……」

蕭偉書仔細觀察了地板，發現那裡有一扇方形的門——以前明明沒有這扇門的！

門上掛著拉環，他伸出雙手，用力拉起拉環，門突然打開了。當門一被拉開，一股濃郁、香甜又苦澀的味道迎面撲來。

蕭偉書往下一看，那裡連接著通往地下室

的梯子。他小心翼翼的踩著梯子，走到地下室。

「哇，這是怎麼一回事啊？」蕭偉書不禁開懷大笑。

他看到地下室裡有一個小小的廚房，廚房裡裝滿了可以生火的爐灶、蒸籠、石磨和石臼，還有白色布袋和三個水缸。

蕭偉書好奇：白色布袋裡裝了什麼？他打開布袋一看，只見裡面裝滿了糯米粉、黃豆、

紅豆、芝麻等穀物。他掀開三個水缸的蓋子，裡面分別裝滿蜂蜜、糖漿和糖漬水果，這些都是用來製作年糕的材料。

接著他發現在角落的木桌上，放著一本褪色泛黃的書，封面上寫著《製作願望年糕之終極祕笈》。

「製作願望年糕之終極祕笈？」

蕭偉書眼睛為之一亮。他吞了一下口水，

糯米
黃豆
紅豆

趕緊翻開這本終極祕笈。

「這是怎麼一回事？」

蕭偉書翻開祕笈，歪著頭，百思不得其解。因為不論他怎麼翻，書裡面都沒有寫上任何字，就只是一張張的白

紙而已，他大失所望，如果不知道製作年糕的祕方，就算這裡有再多、再好的材料又有什麼用？

蕭偉書想起了良純，他很想替良純製作「願望年糕」……就在這一瞬間，神奇的事情發生了！

原本空白的紙張突然開始出現文字，紙上模糊不清的文字，也漸漸變得越來越清晰可見。

勇敢表達的心意年糕

紙上出現了密密麻麻的文字，上面寫著製作年糕需要的材料和方法。

蕭偉書這才明白自己的任務就是——親手

勇敢表達的心意年糕

製作可以替孩子們實現心願的願望年糕。

「啊哈，在蓬萊米粉中加入發酵過的馬格利酒，接著再放入蒸籠中蒸熟就可以了。」

蕭偉書點了點頭。這一切讓他感到非常熟悉，彷彿他從很久以前就開始製作年糕似的。

其實他真的是出生在年糕坊的屋頂上，從早到晚都看著老闆和老闆娘製作年糕的模樣。

直到某天凌晨，因為偷吃年糕被發現，於

是老闆把「牠」趕走。原本就因為門牙太小，而飽受家人冷眼對待的蕭偉書，自從闖禍後，家人對「牠」更嫌惡，最後只好選擇離開家裡，開始獨自生活。

蕭偉書仔細瀏覽著祕笈，眼神突然嚴肅了起來，因為書上開始出現注意事項的文字。

注意事項

一定要加入最後的祕方，才能實現願望

注意事項：

一定要加入最後的祕方，才能實現願望。

「最後的祕方？」

蕭偉書很好奇最後要加入「勇敢表達的心意年糕」裡的祕方是什麼？

紙上很快又出現了一些文字。

長嘆一口氣

長嘆一口氣

「最後的祕方是長嘆一口氣？」

蕭偉書不知該如何放入最後的祕方？他歪著頭，百思不得其解。他又仔細的想了想，最後終於想到了方法。

「啊哈！這麼做就行了！」

蕭偉書露出笑容。

「我得趕快在清晨來臨之前，把年糕做好

才行。」

蕭偉書聞著味道，找到了馬格利酒和年糕的材料，然後趁著天還沒亮之前，加緊腳步，開始製作年糕。

他的心臟因為興奮而撲通撲通的跳著，比過去只有負責配送年糕時，還更來勁呢！

馬格利酒
馬格利酒

第三章

心意年糕的奇怪價格

良純走出家門，準備要去上學。

「今天一定要把生日邀請函發出去……」

她的腳步非常沉重，感覺今天上學的路途比平時更加遙遠。

正當良純路過巷道的轉角時，發現了一間她從來沒看過的年糕屋。在年糕屋的招牌上，斗大的寫著「良純家的年糕屋」幾個字。

「咦！和我的名字一模一樣？」

良純有點納悶，這是什麼樣的年糕屋呢？她非常好奇，猶豫了一下後，走了進去。可是年糕屋裡沒有任何人，陳列架上的年糕籃裡也空無一物。

「看來還沒開店啊……」

良純原本想直接走出店外，可是一股酸酸甜甜的年糕香味，鑽進她的鼻尖，順著味道一看，她發現在其中的一個小籃子裡，裝了一塊點綴著少許黑芝麻的白色年糕。籃子上的紙條寫著神祕的名稱。

勇敢表達的心意年糕

「勇敢表達的心意年糕？」

勇敢表達
的心意年糕

良純的眼睛為之一亮。

她只要站在其他人面前，就非常容易手足無措，不知道該說什麼才好，現在她真的很需要這個年糕。

她抱著碰碰運氣的心情，看了看價格。

售價：長嘆一口氣

「年糕的售價只要長嘆出一口氣？」良純有點苦惱，她該怎麼做才能長嘆出一口氣？很快的，她想起一些不愉快，讓人感到鬱悶，只想嘆氣的回憶。

書包裡那些無法發給同學的生日邀請函，讓她覺得很苦悶；下課後必須急著去幼兒園接妹妹這件事也讓她很苦悶；尤其是被媽媽大罵一頓的事情更讓她煩悶到底。

良純甚至想起更久之前的回憶……

「良純，妹妹在睡覺，妳安靜一點，不要吵到她。」

「妳怎麼這麼愛說話啊？爸爸媽媽上班很累，有什麼事情下次再說吧！」

每當良純想要講話時，爸爸媽媽就叫她不要說話。似乎……就是從那個時候開始，只要一站在別人面前，她的身體就會開始變得僵

硬，說不出話來。一想到過去那些回憶，良純的內心就感到很沉重，她想把那些不開心都吐出來。

於是，她把嘴巴張得大大的，長長的嘆了一口氣，只見良純的嘴裡冒出一團又一團的陰沉氣息，在年糕附近繞來繞去後，就消失了。這幅景象只有躲在地板下的蕭偉書才看得到。

「這口氣也太大了吧？在她的心裡，竟然

憋了這麼多事，一定很辛苦吧！這段時間，良純一定很難受……」蕭偉書也跟著良純嘆了一口氣。

良純嘆出長長的一口氣之後，心裡感覺舒暢多了。

「現在我可以吃心意年糕了吧？」

良純從籃子裡面取出心意年糕，大大的咬了一口。她剛咬下年糕，嘴裡就充斥著酸酸甜甜的香氣；她再咬一口年糕，喉嚨就開始發癢，嘴巴也不由自主的動了起來，像是迫不及待的想要開口說話，良純開心的往學校跑去。

第四章

暢所欲言的良純

一走進教室，良純就跑到姜如蔚面前。

「如蔚，早啊！我找妳說話，應該沒有打擾到妳看書吧？」

良純的嘴裡不由自主的吐出這些話，如蔚驚訝的盯著良純的臉，她還是第一次看到口齒伶俐的良純。

「沒、沒有啊！我也沒有在看書啦！」如蔚吞吞吐吐的說。

「其實我昨天有東西想要給妳。」

「妳要給我什麼？」

「我要送你一張我的生日邀請函，謝謝妳總是對我那麼親切！如果妳這個星期六有空，要不要來參加我的生日派對呢？」良純將珍藏在懷裡的邀請函交給她。

「當然啊！我當然要去！」

「謝謝妳！」良純的眼眶裡含著淚水。

「如果星期六待在家裡，媽媽只會叫我寫一堆評量。謝謝妳的邀請，我才能逃離那些作業。」如蔚收下邀請函，笑咪咪的說。

成功邀請到第一位同學來參加生日派對，讓良純變得更有勇氣了。

接下來，她走到正和其他男生打打鬧鬧的高奉求面前。

「高奉求，我有話想跟你說，如果可以，

能請你給我一點時間嗎？」良純的嘴裡自動吐出了這些話。

「什麼事？」高奉求抓著頭，走到良純的面前。

「這個星期六是我的生日，可以請你來參加我的生日派對嗎？」良純一邊將邀請函交給他，一邊說道。

「哇，妳這是在邀請我嗎？我還是第一次

邀請函

被邀請去參加生日派對！真是謝謝妳。」高奉求拿著邀請函，興奮的蹦蹦跳跳。

「怎麼了？」

「發生了什麼事？」

一瞬間，原本和他玩在一起的那些同學們全部都好奇的擠了過來。

「我收到良純的生日邀請函了。」高奉求揮舞著生日邀請函向其他人炫耀。

「良純，我也要生日邀請函！」

「我也要！」

「我也要！」

同學們突然全部擠到了良純身邊，良純一一將邀請函分送給班上的同學，一張張精心製作的邀請函很快就要發光了。

她將最後一張邀請函藏在懷裡，過沒多久，蕭偉書走進教室，良純將最後一張生日邀請函

拿給他。

「我昨天就想拿邀請卡給你了，可是時間來不及，我生日那天你可以來我家玩嗎？」

「當然可以！我可是一直在等妳給我邀請函呢！」蕭偉書露出牙齒，笑嘻嘻的說。

第五章

具有讀心術的葫蘆年糕

「接下來要做什麼年糕呢？」

蕭偉書翻開祕笈，再次想起了良純。雖然吃下「勇敢表達的心意年糕」，良純變得能言善道，但她看起來還是沒什麼自信。

「請告訴我良純需要什麼年糕？」

蕭偉書睜大雙眼，目不轉睛的盯著手上的祕笈。

終於，白紙上開始出現了文字：

具有讀心術的葫蘆年糕

「具有讀心術的葫蘆年糕。」沒錯，這正是良純需要的年糕！

蕭偉書很想趕快知道怎麼做出這種年糕，紙上接著出現了年糕的製作方法：

「將蓬萊米粉過篩後，加水揉捏成糰，放入蒸籠裡蒸熟後，再捏出葫蘆的造型。」

具有讀心術的葫蘆年糕

蓬萊米

蕭偉書很好奇最後要加入的祕方究竟是什麼？他盯著祕笈，屏氣凝神，點了點頭。

蕭偉書聞著味道找到材料，趕緊製作起年糕。在捏製葫蘆年糕時，他將葫蘆造型捏得又渾圓又漂亮，希望可以好好的將自己的心聲裝進葫蘆裡，很快的年糕完成了。

良純一早睜開眼睛後，立刻跑到了年糕屋。

她打開店門，走進店裡，發現陳列架上的小籃

子裡裝了一個長得像葫蘆般可愛的年糕。

「什麼？具有讀心術的葫蘆年糕？」良純很好奇會聽見什麼心聲，趕緊確認了年糕的價格。

售價：吹五下充滿愛意的溫暖氣息

良純想起了爸爸、媽媽、良熙，還有同學們，她將嘴巴輕輕嘟起來，連續吹了五下溫暖的氣息。

從良純的口中吹出的一縷縷白色氣息，馬上鑽進了葫蘆年糕裡。當然，這次也是只有躲在地板下的蕭偉書能看見這幅景象。

「良純擁有一顆美麗的心呢！」

蕭偉書也跟著良純「呼——」的吹出一口溫暖的氣息。

良純趕緊將葫蘆年糕放到嘴裡，仔細咀嚼。到了學校，良純剛好從如蔚身邊經過，這時，她聽見了如蔚的心聲。

「我之前就一直很想和良純變成好朋友，這次她邀請我參加她的生日派對，真的是太開心了！」

接著良純走過高奉求的身邊，她又聽見了奉求的心聲。

「真希望只有我一個人收到生日邀請函……我是不是不該炫耀的啊？不過，至少良純是先給我邀請函的，代表我應該比較特別吧！哈哈哈！太棒了！」

良純經過老師身邊時，同樣也聽見了老師的心聲。

「學生們好像都很討厭我，沒有人要聽我上課……如果大家都像良純一樣認真聽課該有多好？不，說不定是我講課太無聊，只要我努力讓上課變得有趣，學生們就會喜歡學習了。」

「大家都很喜歡老師！老師，加油！」良純不自覺的脫口而出。

「啊！良純是怎麼知道我的心聲呢？」老師驚訝極了！

那天晚上，全家人難得聚在一起吃飯。良純聽見媽媽的心聲。

「良純是不是很累啊？最近好像瘦了很多，她還要幫我照顧良熙，真是辛苦這孩子了！我要更努力工作，多煮一些有益健康的食物給良純吃才行！」

接下來，她又聽見爸爸的心聲。

「我們家良純和良熙吃東西的樣子怎麼

會這麼可愛？我真是太幸福了，竟然有兩個這麼可愛的孩子。我們家良純真是個福星，年紀小小就能幫忙把良熙照顧得這麼好，她真的很棒！我要更賣力工作，好好將良純和良熙撫養長大！」

爸爸吃飯吃到一半，停了下來，看著良純和良熙，欣慰的笑了。良純一聽見爸媽的心聲，就感動的流下了眼淚，她都不知道原來他們是這麼的愛著她。

「爸爸媽媽，我不喜歡你們為了我們做那麼多工作。我希望全家人能像現在這樣，常常聚在一起。」良純慢慢說出藏在心裡的話。

爸媽被她嚇得目瞪口呆，他們對於一向不擅言詞的良純能夠說出內心話，感到非常吃驚。讓他們更驚訝的是，自己的內心世界好像都被她看透了。

開心玩樂的野芝麻年糕

「這次要做什麼年糕好呢？」蕭偉書想著良純，翻開了祕笈。

蕭偉書不禁笑了出來。這似乎是良純正好需要的年糕呢！

「啊哈！只要先將稍微炒過的野芝麻和糯米粉攪拌在一起，再蒸熟就可以了！」

蕭偉書很好奇最後要加入的神奇祕方會是什麼？

他吞了一下口水，等待祕笈上出現的文字。確認完最後祕方的蕭偉書像是明白似的點了點頭。

「這種年糕可不能只做一塊呢！」

蕭偉書尋找材料，幸好野芝麻年糕的材料非常充足。

可以讓屁股左搖右擺、開心玩樂的野芝麻年糕

他在炒野芝麻的時候特別小心。因為只要稍微不留神，野芝麻就會燒焦。

蕭偉書一邊翻炒著野芝麻，一邊忍不住笑了出來。因為他光是聞到野芝麻濃郁的香氣，屁股就會忍不住左搖右擺，想要跳舞呢！

這天早上，良純一睜開眼睛，又立刻奔往「良純家的年糕屋」。這次的年糕籃裡放著四塊年糕。

可以讓屁股左搖右擺、

開心玩樂的野芝麻年糕

良純瞪大了眼睛。她原本還很擔心生日當天邀請朋友來家裡玩，不知道大家能不能玩得盡興呢？她趕緊確認了年糕的價格。

售價：想要玩樂的心情，大笑十次

「啊哈哈、哈哈哈、嘻嘻嘻、呵呵呵、嘿嘿嘿、咯咯咯……」

良純抱著想要玩樂的心情，開懷大笑了一番。每當她一笑，七彩色澤的笑容就會不斷的湧出，再鑽進野芝麻年糕裡。這次還是只有躲在地板下的蕭偉書能看到這幅光景。

「原來良純這麼想要好好玩樂啊！」

蕭偉書小聲的笑著說。

良純那天一直等著全家人團聚的時刻。

「我今天帶了好吃的野芝麻年糕回來。」

哈哈
咯咯
嘻嘻
嘿嘿
嘻
哈
哇哈
嘻嘻
哇
咯咯

良純才剛從包包拿出野芝麻年糕，屋裡就飄散著一股濃郁的野芝麻香氣。

「哇！看起來真好吃！」

良熙第一個跑過來，拿了一塊野芝麻年糕，大口咬下。

「妳怎麼知道我愛吃野芝麻年糕呢？」爸爸咬了一口年糕。

「這個年糕看起來非常可口，野芝麻的香

味真的很濃郁呢！」媽媽也咬了一口野芝麻年糕。

確認過全家人都吃了之後，良純才將最後一塊年糕放入口中。才咬下野芝麻年糕，神奇的事情就發生了！

她感覺肚子裡面有東西正在蠕動，有點癢癢的，屁股也不由自主的扭動了起來。

「等等，明天是我們家良純的生日吧！」

爸爸看了看良純的神情，繼續說道：「那我可以來場熱舞表演嗎？」

「表演？」良純驚訝的問。

「其實爸爸以前是出了名的街舞男孩。這是良純第一次請朋友們到家裡玩，我想要發揮一下實力給他們看看……」

良純還是第一次聽爸爸這麼說，她嚇了一大跳。

「爸爸以前會跳街舞？」良純驚訝極了！

媽媽看著她的神情，也搶著說：「良純，媽媽也能一起加入嗎？如果要表演，當然要一起啊！其實我上高中的時候也跳過舞，高中畢業旅行時，我還代表全班上臺表演呢！我和妳爸爸就是在那裡第一次遇見對方的。」

爸爸媽媽似乎有些害羞的看著彼此，不約而同的笑了出來。

「當時妳真的閃閃發光呢！我還以為是哪裡來的仙女從天而降。還有，妳怎麼那麼會跳舞啊？妳的舞姿曼妙，真的是十分迷人呢！」

「你也很帥啊！一下

左邊跳、一下右邊跳，在舞臺上飛來飛去的，我還以為是洪吉童（編註：韓國著名的俠盜）出現了呢！」

從爸爸媽媽的眼中，流露出滿滿的愛意。

「還有我！還有我！我也要加入！」良熙也因為屁股扭來扭去，根本靜不下來。

「我也要一起跳。」

良純害羞的說道。她的屁股也和其他人一樣搖擺個不停呢！

「好啊！那我們今晚就好好練習，這樣明天就能來場精彩的演出了。讓我們一起開心玩樂吧！」

良純隨著歡樂的音樂節奏，跳了整個晚上

的舞蹈，這是她第一次和全家人一起玩得那麼開心呢！

第二天，受邀的同學都來到良純家。爸爸、媽媽、妹妹和良純一起跳了練習整晚的舞蹈，他們的演出非常成功。

「哇，好厲害！」

「你們一家人真令人吃驚！」

「你們可以去參加家族舞蹈大賽了。」

「真好玩，我還是第一次參加這麼有趣的生日派對呢！」

班上同學你一言、我一語的說著。表演結束後，同學們也跟著跳起舞來，因為看完精彩的演出後，他們的屁股也跟著扭個不停呢！

其中跳得最開心的，就是蕭偉書了。他從製作野芝麻年糕的時候開始，就一直強忍著不讓屁股跟著擺動。

HAPPY
BIRTHDA

開心跳舞的同時，蕭偉書也不忘觀察著班上同學，看看下一個是誰需要願望年糕。

這時，他的目光停留在高奉求身上。今天的高奉求好像玩得不怎麼盡興，臉上充滿了擔心的神情。原來是因為他正掛念著獨自留在家裡的點點，點點是他前陣子領養的小狗。

這一刻，蕭偉書的眼睛又開始亮了起來。

隔天，在奉求的上學途中，經過巷道的轉角處時，發現了一間他第一次見到的年糕屋。年糕屋的招牌上，寫著斗大的幾個字——「點點家的年糕屋」。

1. 當你費了好大的功夫做好一張張生日派對邀請函，卻一張也發不出去，心情會如何呢？

2. 為什麼良純會不敢開口對別人說話呢？

3. 良純終於克服了開口邀請同學的難題，你有過克服困難的經驗嗎？你是怎麼做到的呢？

4. 你有對家人說謊的經驗嗎？為什麼要這麼做呢？

5. 如果你可以聽見其他人心裡的想法，你最想聽見誰的內心話？

6. 你最想吃故事中的哪一種年糕呢？為什麼？

1. 當你生日的時候你最想邀請誰參加你的生日派對？你會如何邀請他／她呢？

____

____

____

2. 當朋友因為害羞或緊張而說不出話來的時候，你會怎麼幫助他／她呢？

____

____

____

3. 你ㄋㄧˇ的˙ㄉㄜ生ㄕㄥ日ㄖˋ是ㄕˋ什ㄕㄣˊ麼˙ㄇㄜ時ㄕˊ候ㄏㄡˋ？你ㄋㄧˇ會ㄏㄨㄟˋ為ㄨㄟˋ自ㄗˋ己ㄐㄧˇ的˙ㄉㄜ生ㄕㄥ日ㄖˋ派ㄆㄞˋ對ㄉㄨㄟˋ規ㄍㄨㄟ劃ㄏㄨㄚˋ哪ㄋㄚˇ些ㄒㄧㄝ有ㄧㄡˇ趣ㄑㄩˋ的˙ㄉㄜ活ㄏㄨㄛˊ動ㄉㄨㄥˋ呢˙ㄋㄜ？

1. 為自己設計一張創意生日邀請函吧！

2. 你最喜歡和家人一起做什麼事情？請把這個畫面畫下來。

3. 請畫出你和好朋友一起開心玩樂的樣子。

4. 故事裡共出現了三種年糕，如果可以幫自己設計第四種年糕，你會設計什麼年糕呢？並將它的口味和功能寫出來。

故事館 001

願望年糕屋 4：勇敢表達的心意年糕

양순이네 떡집

作　　者	金梩里 김리리
繪　　者	金二浪 김이랑
譯　　者	賴毓棻
語文審訂	林于靖（臺北市石牌國小教師）
責任編輯	陳鳳如
封面設計	劉昱均
內頁設計	連紫吟・曹任華

出版發行	采實文化事業股份有限公司
童書行銷	張惠屏・侯宜廷
業務發行	張世明・林踏欣・林坤蓉・王貞玉
國際版權	鄒欣穎・施維真
印務採購	曾玉霞・謝素琴
會計行政	許俽瑀・李韶婉・張婕莛
法律顧問	第一國際法律事務所　余淑杏律師
電子信箱	acme@acmebook.com.tw
采實文化粉絲團	http://www.facebook.com/acmebook
采實童書FB	https://www.facebook.com/acmestory/

I S B N	978-626-349-109-0
定　　價	320 元
初版一刷	2023 年 1 月
劃撥帳號	50148859
劃撥戶名	采實文化事業股份有限公司
	104台北市中山區南京東路二段95號9樓
	電話：(02)2511-9798　傳真：(02)2571-3298

國家圖書館出版品預行編目資料

願望年糕屋 . 4, 勇敢表達的心意年糕 / 金梩里作 ; 金二浪繪 ; 賴毓棻譯 . -- 初版 . -- 臺北市 : 采實文化事業股份有限公司, 2023.01

面 ;　公分 . -- (故事館 ; 001)

譯自 : 양순이네 떡집

ISBN 978-626-349-109-0(平裝)

862.596　　111019299

故事館

故事館

故事館

故事館